AF233554

LES INITIÉS,

ANCIENS ET MODERNES;

SUITE

DU TOMBEAU

DE

JACQUES MOLAI,

ŒUVRE POSTHUME

Par le C. C. L. C. G. D. L. S. D. M. B. C. D. V.
(Cadet Gassicourt).

Commitant eadem diverso crimina fato ille crucem
sceleris pretium tulit, hic diadema.

LA crédulité ne décroît point en raison du progrès des lumières chez un peuple. Il n'est point de fable, quelqu'absurde qu'elle soit, qu'on ne puisse accréditer, même parmi les hommes éclairés. Nous avons vu, dans ce siècle de philosophie, dans ce siècle penseur, de graves magistrats, des écrivains distingués,

.A

des prélats, des savans, des philosophes, ajou
ter foi aux romans les plus bizarres, aux mo-
meries les plus ridicules. Je vous en atteste,
vous qui avez été témoins des convulsions de
Saint-Médard, ou de celles de *Mesmer*; vous
qui avez été la dupe des souffleurs d'Hermès
Trismégiste, ou de la baguette de *Bléton*. Il
n'est point d'année, point de mois, point de
jour où un charlatan n'éblouisse Paris par son
adresse ou par son audace. L'invraisemblance
des faits qu'il présente n'est point un obstacle ;
elle est au contraire un garant de son succès.
Quand je songe à toutes les sottises qui ont oc-
cupé sérieusement les Français, depuis qu'ils
ont l'orgueil de se dire instruits et policés, je
suis tenté de remplir le vœu de Voltaire, qui
pensoit que l'histoire des *Egaremens de l'Esprit
humain*, seroit plus utile que l'histoire politique
de quelques nations, et qui désiroit qu'un écri-
vain fût assez courageux pour entreprendre ce
grand et curieux ouvrage. En effet, parcou-
rons les journaux du temps, les annales de la
littérature, les collections académiques, nous
verrons à chaque instant les hommes qu'une
éducation soignée sembloit devoir prémunir
contre une aveugle prévention, s'enthousias-
mer, se diviser, se quereller même pour des

contes si peu vraisemblables, que leurs contemporains, peu de temps après, ne peuvent concevoir comment ils ont pu s'occuper de pareilles puérilités.

Que le peuple soit effrayé de l'annonce d'une comète chevelue, qui doit passer près de la terre; qu'il ajoute foi à l'apparition subite d'une *harpie* (1), sur les côtes de Normandie, et qu'après avoir éprouvé la crainte la plus sotte, il s'amuse avec l'image de ce monstre allégorique, et le place jusques sur le bonnet des femmes : voilà ce que le philosophe observateur peut très-bien expliquer. Mais qu'un homme érudit et profond comme Dom Calmet, fasse un volume pour prouver l'existence des *vampires*, des *incubes* et des *succubes*, qu'il appuye ses prétendues preuves de l'autorité des magistrats, et qu'il leur donne tous les caractères possibles d'authenticité; que les sociétés savantes de l'Europe se querellent pour savoir si un enfant peut avoir une dent d'or; que, dans notre siècle, on croie encore à la vertu

---

(1) On a représenté *Calone* sous la figure d'une des harpies dont parle Virgile, et à laquelle il donne le nom de *Celano* l'anagramme de Calone.) On a répandu que ce monstre étoit sorti de la Manche, et qu'il dévastoit la Normandie. Que de badauds l'ont cru !

des talismans, à la transmutation des métaux, aux androgynes, à la médecine universelle : voilà ce dont on peut difficilement donner la raison.

Les encyclopédistes n'ont pas craint de consacrer dans leur immortel recueil, le rêve de Valescus et Taranta, qui affirme que, dans une ville du royaume de Valence, il y avoit une abbesse, courbée sous le poids des ans, à qui, tout à coup, les règles parurent, les dents se renouvelèrent, les cheveux noircirent, la fraîcheur et l'égalité du teint revinrent; les mamelles, flasques et desséchées, reprirent la rondeur et la fermeté propre au sein d'une jeune fille, à qui il ne manqua rien des attributs de la plus parfaite jeunesse.

Eh ! pourquoi les encyclopédistes auroient-ils rougi de rapporter cette absurdité, puisque les académies ont accueilli de semblables sottises ? Ne trouve-t-on pas, dans leur collection (1), le rapport fait à l'amirauté de Brest, de la découverte d'un triton ou d'un homme marin, qui sortit du fond de la mer, pour examiner des vaisseaux en rade, et qui fut assez long-temps visible pour se laisser des-

____

(1) Mémoires de l'académie des sciences de Paris.

s'ner , trop rusé cependant pour se laisser prendre ? N'y voit-on pas un serpent du nouveau monde qui avale un bœuf, et d'autres miracles aussi surprenans ? Mais ce qui est plus extraordinaire, on apprend, sur la foi de *Bartholin Deusing*, qu'à Redzgendorff, près Hambourg, en 1592, une femme mit au monde une fille ; que cette petite fille, huit jours après sa naissance, jeta tout-à-coup de hauts cris, et parut agitée de convulsions extraordinaires : on la débarrassa de ses langes, dit le savant; mais quelle fut la surprise des spectateurs ! ils virent une *petite fille*, que celle-ci venoit de mettre au monde ; elle étoit de la grandeur du *medius* de la main : on trouva aussi l'arrière-faix, ect.; on la baptisa, et le lendemain elle mourut avec sa petite mère..... On a cru cette impertinente imposture, que ne croira-t-on pas ! Il est donc vrai de dire que le merveilleux plaît universellement ; qu'il sera toujours accueilli, préféré par les peuples, quelque soit leur civilisation, tandis qu'ils dédaigneront l'étude simple de la nature. C'est l'amour du merveilleux qui donna naissance à toutes les théologies, à toutes les croyances des nations ; et c'est avec lui que Zoroastre, Jésus et Mahomet ont fondé leur religion. Souvent la chose la plus commune étonne et provoque l'admiration, parce que celui qui la présente en cache l'origine, en déguise le ressort. Et, ne voyons-nous pas tous les jours, les plus grossiers charlatans, faire des dupes, parce qu'ils connoissent quelques phénomènes particuliers de la physique ou de la chimie (1) !

Les hommes qui ont voulu prendre un grand ascendant sur leurs contemporains, n'ont jamais négligé le merveilleux, puisqu'il subjugue le vulgaire, et qu'il séduit ceux mêmes qui se prétendent supérieurs aux autres. Mais pour créer ce merveilleux, il faut du mystère: aussi depuis la plus haute antiquité jusqu'à nos jours, tous ceux qui ont fondé leur puissance sur la crédulité, ont eu de grands secrets, qu'ils ne révéloient qu'à des conditions extraordinaires. Ils se sont vanté de connoissances particulières, de pratiques sublimes, auxquelles on n'étoit *initié* qu'après avoir subi les épreuves les plus fortes, les plus pénibles ; après avoir prouvé qu'on possédoit une ame également inaccessible à la crainte et aux séductions agréables

---

(1) Comus, Val, Pinetti et le Ventriloque de la rue de Bondy, et la Poupée parlante, et Délon, etc, etc.

des sens. Tels étoient les mystères d'Isis et d'Euleusis, de Bacchus, de Cérès, d'Oziris, de Cybelle et d'Atis ; tels étoient ceux des premiers chrétiens, qui s'assembloient dans des souterrains, où ils purifioient leurs ames, en livrant leurs corps à toutes sortes de débauches (1). L'Egypte est le berceau de ces illustres mystères, de ces redoutables initiations. On les institua pour servir de base et de soutien à la Théocratie, et pour perpétuer, par des allégries, la mémoire des découvertes astronomiques.

Ce seroit peut-être ici le lieu de développer la chaîne admirable qui lie entre elles les différentes religions du globe, et de prouver que Zoroastre, Confucius et Jésus-Christ ont été des initiés Egyptiens (2). Mais il seroit trop long d'analyser le sublime ouvrage du citoyen Dupuis; et je renvoie à sa *Religion universelle* ceux qui voudront avoir des idées claires et précises de tous les mensonges sacrés, et des dogmes dictés par les prétendues divinités.

Dans un ouvrage non moins profond, M. Paucton nous instruit des mystères célèbres des

____

(1). Questions encyclopédiques de Voltaire, art. *Initiation*.

(2). C'est, sans doute, dans ce sens que l'abbé Fauchet a prêché que Jésus-Christ étoit le modèle des sans-culottes et le plus parfait jacobin.

initiations anciennes : et rien n'est plus curieux que de voir le rapport singulier entre la réception d'un initié aux mystères d'Isis, et celle d'un Franc - Maçon à un grade supérieur de l'ordre établi par *Jacques Molai*. La réception de Pythagore, que les Grecs nous ont transmise, est la plus détaillée. Les prêtres, disent l'historien, plongèrent le philosophe dans un lieu de ténèbres. Il y entendit le bruit des vents déchaînés, le hurlement des bêtes féroces, le sifflement des reptiles, les éclats de la foudre. Des mains invisibles le plongèrent sept fois dans un fleuve, le flagellèrent. Il fut environné de serpens, qu'il mania sans être blessé. Il passa rapidement de l'obscurité la plus grande à la plus vive lumière. Il fut précipité du comble d'un édifice très-élevé ; il fut promené dans les airs sur un char de feu ; enfin, il fut admis dans le sanctuaire, où il apprit les vérités immortelles que les prêtres ne présentoient aux hommes que sous le voile des hyéroglyphes. Epicure, Lycurgue et Platon, ces hommes divins, ces sages par excellence, ces immortels législateurs du monde, avoient été de même initiés. Moïse, avant eux, puisa dans les sombres mystères des prêtres Egyptiens ses connoissances physiques, sa morale et sa politique. Il ne faut

pas beaucoup d'érudition, il ne faut pas faire
de grandes recherches pour démontrer que toute
l'antiquité fut soumise à la Théocratie ; que la
majorité des peuples, qui couvrent le globe,
l'est encore.

Quel que soit le motif qui ait dirigé les ré-
formateurs des nations, il est vrai de dire qu'ils
ont toujours réussi, lorsqu'ils ont frappé les
esprits par le merveilleux ; lorsqu'ils se sont
environnés du mystère, lorsqu'ils ont parlé
de vérités occultes dont il falloit mériter
la connoissance par de grands travaux, et par
une obéissance aveugle. Numa se fit dicter ses
lois par sa nymphe Egerie : Numa, dit Pline,
avoit le pouvoir de faire descendre, sur l'autel,
la foudre de Jupiter. Les Druides, en versant
devant Theutatès, le sang de nos ancêtres,
évoquoient les ombres, et des fantômes ve-
noient à leurs ordres, prononcer des oracles.

Toutes les fois que des ambitieux déterminés
s'accorderont pour opérer une révolution quelconque, qu'ils auront un langage mystique,
qu'ils marcheront avec audace à leur but, en
affectant une conduite austère, qu'ils prêche-
ront une conduite nouvelle, favorable à la
multitude ignorante et envieuse, qu'ils aug-
menteront la superstition et sauront employer

avec art le merveilleux, ils domineront. Robespierre a senti cette vérité de fait ; il a voulu en profiter, mais il étoit trop tard ; et sa fête à l'*Etre Suprême* dévoila ses projets, et hâta son supplice.

C'est dans les grands exemples de l'antiquité et dans l'ignorance de son siècle, que *Jacques Molai* prit les bases de son étonnant systême. Il crut, avec raison, que s'il pouvoit établir, en Europe, une société d'hommes mus par le même intérêt, par les mêmes passions, qui voulussent s'astreindre à garder le secret de leur union, qui fissent revivre parmi eux les pratiques et la morale des anciennes initiations, il parviendroit à renverser toutes les institutions, et à s'emparer du pouvoir. Jacques Molai périt victime du mauvais choix de sès initiés. Mais sa doctrine lui a survécu, et a préparé la plupart des événemens de notre révolution.

On a reproché à l'auteur du *tombeau de Jacques Molai*, d'avoir fait des rapprochemens forcés ; de n'avoir pas lié les faits qu'il cite, de ne les avoir pas assez développés ou étayés de preuves authentiques.

L'auteur répond qu'il n'a pas voulu faire un ouvrage, ni dispenser ses lecteurs des recherches qu'il regarde comme nécessaires ; et que voulant s'envelopper du voile de l'*incognito*, il lui a suffi d'acquitter sa conscience, en dénonçant aux amis de l'ordre et de la liberté, l'existence d'une secte abominable, qui, semblable à l'antique Protée, prend toutes les formes, verse, en se jouant, des flots de sang humain, corrompt la morale du peuple, et spolie les propriétés.....: hydre à cent têtes, qu'il semble impossible d'abattte, si le gouvernement ne retrouve la massue d'Hercule. Peu jaloux de satisfaire la vaine curiosité des lecteurs de *Nouveautés*, l'auteur garderoit le silence, s'il n'avoit le désir d'être utile. Mais on écrit l'histoire de notre siècle; il est bon que les hommes qui se chargent de cette pénible fonction, connoissent un ressort nouveau, puissant et caché, des événemens politiques.

Au temps des dernières croisades, lorsque à peine l'ordre des Templiers commençoit à se former, l'ambition et l'indépendance de ces nouveaux sectaires, les faisoit déjà citer comme des exemples de scandale. Un ecclésiastique ayant osé dire à Richard Cœur-de-Lion qu'il feroit bien de se défaire de trois méchantes filles qu'il entretenoit, l'*Ambition*, l'*Avarice* et la *Luxure*; le prince se tourna vers ses cour-

tisans, et leur dit : Vous entendez cet hypo-
crite; pour suivre son conseil, je donne mon
ambition *aux Templiers*, mon avarice aux
moines, et ma luxure aux prélats (1).

Jacques Molai et ses disciples ne furent pas
les seuls imposteurs qui cachèrent leurs vues
ambitieuses sous le voile imposant d'un mystère
religieux : un Allemand (l'histoire ne nous a
pas conservé son nom), né d'une famille indi-
gente mais noble, qui, à l'âge de seize ans,
savoit parfaitement le grec et le latin, devint
le chef des initiés connus sous le nom de *Rosecroix* (2). Il voyagea en Turquie, en Arabie;
il fut reçu à Damcar par des philosophes qui le
saluèrent par son nom, quoiqu'il ne se fût point
nommé, et qui l'instruisirent des mystères ca-
chés de la nature, et lui déclarèrent qu'il étoit
choisi pour être l'auteur *d'une réformation géné-
rale dans l'Univers*. Après être resté trois ans
avec eux, il passa en Barbarie ; il demeura
quelques temps à Fez, où il forma des disciples ;
de là, il se rendit en Espagne. Forcé d'en sortir,
il revint en Allemagne, où il vécut solitaire-

____

(1) Pièces intéressantes et peu connues de Laplace. *tome* 3.

(2) Lettres sur la Suisse , *tome* premier, *page* 12 et
suivantes.

ment jusqu'à cent six ans, sans avoir rien perdu de la force de son corps ni de celle de son esprit.

Les Rosecroix ont des livres mystérieux, dont on trouve quelques exemplaires dans les grandes bibliothèques. L'un est intitulé *le Protée*; un autre : *les Axiomes*; un troisième : *la Roue*; et deux : *le Monde*. Les priviléges dont ils se vantent de jouir y sont énoncés à-peu-près en ces termes : « Destinés pour accomplir *la réfor-* » *mation qui doit se faire dans tout l'Univers*, les » Rosecroix sont doués de sagesse au plus haut » degré, et, paisibles possesseurs de tous les » dons de la nature, ils peuvent les dispenser » à leur fantaisie.

» En quelque lieu qu'ils soient, ils con- » noissent mieux toutes les choses qui se passent » dans le reste du Monde que si elles leurs » étoient présentes. Ils ne sont sujets ni à la » faim, ni à la soif, et n'ont à craindre ni la » vieillesse, ni les maladies.

» Les femmes ne peuvent être initiées; un » secret ne sauroit leur être confié.

» Ils peuvent commander aux esprits et aux » génies les plus puissans.

» Dieu les a couvert d'une nuée pour les » défendre de leurs ennemis, et on ne peut les

(14)

» voit que quand ils le veulent, si on n'a des
» yeux plus perçans que ceux de l'aigle.

» Ils tiennent leurs assemblées générales dans
» les pyramides d'Egypte (1). »

En 1623, vers le printemps, on trouva dans
plusieurs carrefours de Paris cette affiche sin-
gulière :

Nous, députés des frères Rosecroix, fesons sé-
jour visible et invisible dans cette ville, par la grace
du Très-Haut, vers lequel se tourne le cœur des
sages ; nous enseignons, sans aucune sorte de
moyens extérieurs, à parler les langues des pays
que nous habitons, et nous tirons les hommes nos
semblables de la terreur et de la mort.

S'il prend envie à quelqu'un de nous voir par
curiosité seulement, il ne communiquera jamais
avec nous ; mais, si sa volonté le porte réellement,
et de fait, à s'inscrire sur le registre de notre confra-
ternité, nous, qui jugeons des pensées, lui ferons
voir la vérité de nos promesses, tellement que nous
ne mettons point le lieu de notre demeure, puisque la

----

(1) Ces pyramides sont pour les Rosecroix ce que Notre-
Dame de Lorette est pour les Chrétiens. Elles voyagent, et
se trouvent dans toutes les villes où il leur plaît de s'assem-
bler. Mais cette désignation prouve que les initiations mo-
dernes sont calquées sur les anciennes.

(15).

*pensée , jointe à la volonté réelle du lecteur , sera
capable de nous faire connoître à lui , et lui à nous.*

Je ne ferai qu'une observation sur cette
étrange proclamation, c'est qu'elle parut dans
un temps de troubles civils (1).

Plus on avance dans l'histoire , et sur-tout
dans l'histoire d'Allemagne , plus on voit les
mystérieux initiés devenir nombreux , hardis
et conspirateurs. Il n'est point de rêve théoso-
phique , point de systême scientifique , dont
ils n'étayent leur funeste doctrine. Jésuitisme ,
magnétisme , martinisme , pierre philosophale ,
somnambulisme , ecclectisme , tout est de leur
ressort. Ils ont sur-tout créé un espionnage tellement actif , une correspondance tellement
rapide et sûre (2), qu'ils n'ignorent aucun
secret d'Etat , aucun secret particulier , et

---

(1) C'est toujours dans les troubles civils qu'ils paroissent
et agissent plus ostensiblement.

(2) Jamais le télégraphe ne donnera une correspondance
aussi étendue et aussi rapide que celle des loges maçonniques
ou des cercles d'illuminés. Il faut , pour s'en former une idée
exacte , lire l'ouvrage de M. de Luchet sur les illuminés , page
31. Cet accord , cette identité de mouvement, cette colléra-
tion d'idées , étonne et confond l'homme le plus actif. Ah !
si les gens honnêtes se coalisoient pour faire le bien , comme
les méchans pour nuire , la révolution seroit faite , et nous
serions heureux : mais , l'intérêt personnel . . . , l'égoïsme !

qu'ils agissent par-tout avec un accord , avec une certitude de succès, qui les fait paroître des hommes surnaturels. Avant d'en rapporter des exemples, je dois parler de leur dernière et sublime congrégation, celle des *Illuminés*, qui renferme à la fois les initiés de Jacques Molai, les Rosecroix , et les somnambulistes. Les Illuminés ne s'accordent pas sur le nom de leurs fondateurs : C'est Saint-Germain, *Swedemborg*, ou Schrœpffer ; je ne pourrois décider lequel : mais ce sont trois chefs célèbres et très-accrédités. Le premier est connu par ses visions et ses prédications à Paris ; le second, savant métallurgiste suédois, acquit une grande renommée par une aventure que rapporte le journal de Stockholm , appelé le *Monatsschrift* (dans le mois de janvier 1788) ; la voici : feue la reine de Suède, Louise Ulrique , avoit chargé Swedemborg de savoir de son frère (le père du roi de Prusse régnant),mort depuis 1758, la raison pour laquelle il n'avoit pas répondu , de son vivant, à une certaine lettre qu'elle lui avoit écrite. Vingt-quatre heures après , Swedemborg apprit à la reine le contenu de sa lettre, que personne, excepté son frère et elle , ne pouvoit savoir. Consternée, elle fut forcée de reconnoître dans ce grand homme une science miraculeuse.

Un

Un de mes amis soupoit avec Gustave, dans son dernier voyage à Paris ; on demanda au roi si l'anecdote étoit vraie : elle est vraie, répondit Gustave, j'étois présent à l'entretien ; Swedemborg apprit à ma mère que sa lettre étoit relative à la révolution arrivée en Suède, en 1756, et qui coûta la vie à *Horn* et *Brahé*. « Il ajouta : l'ame
» de votre frère m'est apparue, et m'a dit qu'il
» n'avoit point répondu, parce qu'il avoit dé-
» saprouvé votre conduite ; votre politique
» imprudente est cause du sang répandu ; je
» vous ordonne, de sa part, de ne plus vous
» mêler des affaires d'Etat, et sur-tout de ne
» plus exciter des troubles, *dont, tôt ou tard,*
» *vous seriez la victime* ».

Schrœpffer, le troisième, est fils d'un limonadier. Il réforma l'ordre des Francs-Maçons à Dresde : C'est lui qui, le premier, illumina les princes de l'Allemagne, par le moyen de la phantasmagorie, ou de l'apparition des spectres. Il jeta l'épouvante dans Berlin et dans toute la Prusse, en faisant prédire par des fantômes la mort prochaine de quelques grands personnages, mort qui se réalisoit toujours (1). La

____

(1) Il avoit tellement frappé les esprits, que le savant Gleditsch n'alloit point à l'académie de Berlin sans s'imaginer qu'il voyoit l'ombre du défunt président siéger à sa place.

reine de Prusse lui fit défendre de faire ses invo-
cations. Schrœpffer s'est tué à Leipsick d'un
coup de pistolet.

Je ferois un volume énorme si je voulois rapporter tous les prétendus prodiges des illuminés;
mais je me borne à citer les plus récens, ceux
dont il existe encore des témoins.

Cagliostro étoit à Varsovie depuis quelques
temps, et avoit eu plusieurs fois l'honneur
d'entretenir Poniatowski, lorsqu'un jour ce
monarque, venant de le quitter, et enchanté
de tout ce qu'il lui avoit entendu dire, vanta
son esprit, ses talens, et ses connoissances, qui
lui paroissoient surnaturelles. Une jeune dame
qui écoutoit attentivement le roi, se mit à rire,
et soutint que le comte ne pouvoit être qu'un
charlatan; elle assura qu'elle en étoit si per-
suadée, qu'elle le défioit de lui dire certaines
choses singulières qui lui étoient arrivées. Le
lendemain, le roi rendit les propos de cette
dame à Cagliostro, qui demanda une entrevue
avec elle. La proposition fut acceptée, et, au
moment convenu, le comte dit à la dame ce
qu'elle croyoit ignoré de tout le monde, et la
surprit si fort, qu'elle témoigna le plus grand
désir de connoître ce qui devoit lui arriver par
la suite. Après s'y être long-temps refusé, Ca-

gliostro lui dit , en présence du roi : « Vous
» allez bientôt partir pour un grand voyage :
» votre voiture cassera à quelques postes de
» Varsovie ; pendant qu'on la raccommodera,
» votre toilette excitera de tels ris qu'on vous
» jetera des pommes. Vous irez de là à des eaux
» célèbres , où vous trouverez un homme d'une
» grande naissance qui vous plaira et que vous
» épouserez. Vous serez tentée de lui donner
» tout votre bien ; vous viendrez vous marier
» dans la ville où je serai, et, malgré les efforts
» que vous ferez pour me voir, vous ne pourrez
» y réussir. Vous êtes menacée de grands mal-
» heurs , mais voici un talisman que je vous
» donne, tant que vous le conserverez vous
» pourrez les éviter , mais si vous donnez votre
» bien par contrat de mariage , vous perdrez
» aussi-tôt le talisman, et, dans le moment où
» vous ne l'aurez plus , il se trouvera dans ma
» poche, en quelque endroit que je sois. »
Toutes ces prédictions eurent leur exécution.

Laborde (1), qui rapporte cette histoire,
ajoute : Je l'ai su par plusieurs personnes à qui

---

(1) Ce Laborde est l'ami de Voltaire , l'auteur de la mu-
sique de Pandore , le traducteur des voyages de Swimborg ;
homme éclairé , philosophe et peu crédule.

la dame l'a contée ; je l'ai su par le roi , préci-
sément dans les mêmes termes , et Cagliostro
m'a fait voir à Vienne le talisman.

Il est aussi facile de donner l'explication de
cette histoire que de celle de Swedemborg et
de la reine de Suède ; mais mon dessein n'est
pas de faire un cours d'*initiation*. Je ferai re-
marquer seulement que ces événemens , si
merveilleux en apparence , se passent toujours
devant quelque prince ou quelque personnage
illustre. Ceux qui seront curieux d'acquérir
plus de lumières sur cette étrange doctrine
les trouveront dans l'ouvrage intéressant du
marquis de Luchet (1). Cet auteur philantrope
n'hésite pas à regarder l'existence des *initiés*
comme le fléau le plus funeste à toute espèce de
gouvernement. « Peuples séduits , dit-il , ap-
» prenez qu'il existe une conjuration en faveur
» du despotisme contre la liberté ; de l'incapacité
» contre le talent ; du vice contre la vertu ; de
» l'ignorance contre la lumière ! Il s'est formé

______

(1) *Essai sur la secte des Illuminés* , un vol. de 127 pages ,
faussement attribué à Mirabeau , et imprimé à la suite de
l'histoire secrète de la cour de Berlin. Cet ouvrage , très-bien
écrit , est assez rare ; cependant Desenne en possède encore
quelques exemplaires.

» au sein des plus épaisses ténèbres une société
» d'êtres nouveaux , qui se connoissent sans
» s'être vus , qui s'entendent sans s'être ex-
» pliqués , qui se servent sans amitié. Cette
» société a le projet *de gouverner le Monde , de*
» *s'approprier l'autorité des souverains , d'usurper*
» *leur place.*

« Elle adopte du régime jésuitique l'obéis-
» sance aveugle et les principes régicides du
» dix-septième siècle ; de la franc-maçonnerie,
» les épreuves et les cérémonies extérieures ;
» des Templiers, les évocations souterraines et
» l'incroyable audace. Elle emploie les décou-
» vertes de la physique pour en imposer à la
» multitude peu instruite ; les fables à la mode,
» pour éveiller la curiosité et inspirer la voca-
» tion ; les opinions de l'antiquité , pour fami-
» liariser les hommes avec le commerce des es-
» prits intermédiaires. Toute espèce d'erreur
» qui afflige la terre , tout essai, toute inven-
» tion , servent aux vues des Illuminés : ainsi
» les baquets du magnétisme, la désorganisation
» des somnambules , les visions des foibles, la
» dévotion outrée , le dérangement de l'esprit,
» les obscurités métaphysiques du tableau de la
» nature, la maçonnerie éclectique, la stricte
» observance, la mysticité du docteur de Zu-

» rich (1) , le catholicisme accommodé aux
» principes des réformés , le jésuitisme ressus-
» cité , tout sert egalement à leurs vues , tout
» devient cause et instrument ; ils ne rejettent
» rien de ce que le commun des hommes pros-
» crit ; et , sans l'admettre par conviction , ils
» le laissent subsister comme moyen de multi-
» plier les opinions , les épreuves , base sur
» laquelle repose la nouvelle confédération.
» *Son but est la domination universelle* ».

Je n'entrerai point dans le détail horrible des sanglantes et sacriléges épreuves qu'on subit pour être Illuminé. C'est au milieu d'une foule de squelettes , de cadavres ; c'est après avoir été affoibli par un long jeûne , par des macérations , après avoir été fatigué pendant vingt-quatre heures par des macérations , après avoir bu une coupe de sang que le Néophite nud , et les testicules attachées , prononce le serment qu'une voix tremblante lui dicte en ces termes :

Jurez de briser les liens charnels qui vous at-
tachent encore à père , mère , frères , sœurs , époux ,
parens , amis , maîtresses , rois , chefs , bienfai-
teurs , et tout être quelconque à qui vous aurez promis

-----

(1) Lawater , bon physicien , auteur du systéme célèbre des physionomistes.

foi , obéissance , gratitude ou service ; nommez le lieu qui vous vit naître, et abjurez ce globe empesté, vil rebut des Cieux.

De ce moment , vous êtes affranchi du prétendu serment fait à la patrie et aux lois ; jurez de révéler au nouveau chef que vous reconnoissez , ce que vous aurez vu ou fait, pris , lu , entendu, appris ou deviné, et même de rechercher , épier ce qui ne s'offriroit pas à vos yeux.

Honorez et respectez l'Aqua Toffana , comme un moyen sûr, prompt et necessaire de purger le globe par la mort ou par l'hébétation de ceux qui cherchent à avilir la vérité, ou à l'arracher de nos mains.

Fuyez la tentation de révéler ce que vous entendez, car le tonnerre n'est pas plus prompt que le couteau qui vous atteindra , en quelque lieu que vous soyez.

Heureux sont ceux qui peuvent connoître de tels mystères d'iniquités , et les traiter de chimères ; mais plus heureux est celui qui, connoissant leur réalité , brave la vengeance des initiés , et divulguant leurs complots , peut les rendre inutiles !

Vous, qui n'avez vu dans le Tombeau de Jacques Molai que le rêve d'une imagination exaltée, qu'un jeu d'esprit ou une mystification, expliquez-moi, je vous prie , pourquoi, dans le Muséum allemand (janvier 1788 , page 57),

Gablidone et Schwedemborg annoncent claire-
ment notre révolution , en disant : « il va se
» faire sur notre globe une révolution politique
» très-remarquable , et il n'y aura plus d'autre
» religion que celle des patriarches , celle qui a
» été révélée à Cagliostro par le seigneur , dont
» le corps est ceint d'un triangle :

Expliquez-moi comment la doctrine des initiés et celle des jacobins a tant de ressemblance ;
comment ils marchent tous deux au même but :
si le jacobin et l'initié ne sont pas guidés par les
mêmes chefs? Tous deux prêchent la loi agraire,
tous deux fomentent l'anarchie , tous deux
frappent les rois , tous deux s'emparent du
pouvoir , tous deux démoralisent le peuple ,
tous deux s'enrichissent aux dépens des Etats ,
tous deux sont fanatiques.

Expliquez-moi par quels moyens, si ce n'est
par l'espionnage et la correspondance rapide et
secrète des illuminés et des initiés, le duc d'Orléans est parvenu à faire commettre tant de
meurtres à la fois ; par quel hasard malheureux
la Normandie , la Provence et la Bretagne se
soulevoient le même jour , à la même heure
que les Parisiens qui marchoient contre la Bastille ? Expliquez-moi pourquoi les mouvemens

révolutionnaires ont toujours été en rapport de temps et de motifs dans les différens points de la République ?

Mais je vais, d'un mot, éclaircir bien des doutes.

A l'époque mémorable de la convocation des États-généraux, pendant que le peuple, étonné de ses droits, préparoit ces cahiers, trop peu suivis, qui proscrivoient les abus; mais qui ne demandoient ni emprunt forcé, ni réquisitions, ni gouvernement révolutionnaire, je reçus du Marquis de Gand, grand d'Espagne, un billet qui m'invitoit à me rendre à la loge du Contrat Social, rue Coquéron. Je ne connoissois ni le Marquis de Gand, ni la loge en question; je m'y rendis. Je vis des préparatifs immenses, des décorations de la plus grande élégance, une salle de festin préparée par Deleutre, pour la fête la plus brillante ; un théâtre où *Vestris* et *Candeille* disposoient un ballet; des soldats du régiment des Gardes-Suisses, qui s'exerçoient à des évolutions militaires. Vous voyez, me dit le marquis, les préliminaires de la plus belle fête qu'on ait jamais donnée en loge (1);

(1. Elle devoit coûter soixante mille livres.

et vous pouvez y ajouter un nouveau degré
d'intérêt. Il m'apprit alors ce qu'il désiroit
de moi. Je consentis à sa demande; et il ajouta:
Cette fête est destinée à M. Necker; et elle a
pour motif (il auroit dû dire pour prétexte)
la réception de Mme. de Staal. Les vénérables
de toutes les loges y seront; et tout ce que les
premiers ordres ont de distingué y assistera:
MM. Mirabeau, d'Aiguillon, d'Eprémesnil,
Lally-Tolendal, etc. *M. le duc d'Orléans* tiendra
la loge. *Nous recevrons, ce soir, M. de Caraman.*
Rendez-vous à .... Il me quitta.

Je revins le soir : la loge n'étoit pas ouverte.
En me promenant dans les salles, j'entendis
du bruit dans un cabinet : j'entrai, et je vis
dix à douze personnes qui causoient ensemble.
Il faisoit un peu sombre; mais je crus reconnoître, parmi elles, Philippe, qui se plaignoit
des obstacles qu'on vouloit mettre à la fête,
» La cour, disoit un homme de belle taille,
» est instruite. M. de Breteuil fait épier les
» vénérables de loge, et veut empêcher la
» réunion. M. du Châtelet a donné des ordres
» pour que les Gardes-Françaises soient consi-
» gnés ce jour-là. Le comte d'Artois fera dé-
» fendre de même, aux Suisses, de prendre
» part à la fête. On intrigue à l'opéra, pour

» nous enlever les artistes ; les scènes patrio-
» tiques que vous voulez faire jouer sont déjà
» connues....... » Il alloit continuer, lorsque
je fus reconnu et invité d'*éclaircir le conseil.* Je
m'éloignai, mais pas assez pour ne rien entendre.
En rapprochant ce que j'ai recueilli de différentes questions qui ont été faites pendant la
réception du jeune Caraman, les entretiens que
j'ai eu avec le marquis de Gand, ce que j'ai
vu, les demi confidences qui m'ont été faites,
je puis assurer, et Deleutre, je crois, ne le
démentiroit pas, que le véritable motif de
cette réunion étoit de préparer l'insurrection
du mois de juillet, de se concerter avec toutes
les loges, de lier le parti de Necker à celui
d'Orléans, de séduire les deux régimens, et
d'assurer, d'avance, les élections. La cour s'a-
larma ; le roi défendit la fête, et le grand-
maître, privé de sa *grande* réunion, se rendit
dans les différentes loges, sous prétexte de les
visiter, et fit partiellement ce qu'il vouloit
faire d'un commun accord.

Que conclure de tout ce qui précède ?

Je n'ai pas la folie de prétendre prouver, par
cet écrit, ni par le *Tombeau de Jacques Molai,*
que les initiés, les francs-maçons, les illuminés
sont les uniques agens de la révolution ; mais

qu'ils ont beaucoup d'influence ; qu'ils ont préparé les premiers événemens de la révolution; qu'ils ont fondé les jacobins; qu'ils ont infecté de leur doctrine les assemblées du peuple, et beaucoup de législateurs ; que, sous différens noms, ce sont les mêmes hommes ; qu'ils servent constamment le même parti, et que les partisans d'*Orléans* sont, en ce moment, plus nombreux, plus forts, plus puissans que jamais. Les jacobins, enrichis avec une rapidité et un scandale effrayant, sentent que pour conserver ce qu'ils ont volé, il faut mettre fin aux secousses révolutionnaires ; et le moyen le plus sûr pour eux est de placer le pouvoir entre les mains d'un chef unique, pris dans leur secte. Aussi que font-ils depuis un an ? Les ennemis les plus acharnés du Directoire sont les jacobins ; et cependant, grâces à M***, à S***, à R***, les orléanistes obtiennent toutes les places. Madame de Staal a jeté en avant le projet d'une classification des émigrés, et d'une capitulation avec ceux qui rentreroient. Madame de Genlis sollicite sa rentrée : et tout en conseillant à son élève de ne pas accepter la couronne ; elle peint ses talens, ses vertus, son caractère avec des couleurs si avantageuses, que les jacobins les plus régicides disent (*je l'ai*

intendu) : « Il faut en finir ! il n'y a point d'es-
» prit public : la constitution est défectueuse ;
» les finances sont épuisées; on ne sauroit trop
» acheter la tranquillité. Notre révolution est
» arrivée au même période que celle d'Angle-
» terre, lorsque Mouck prouva la nécessité de
» rappeler Charles II ; et s'il faut à la France
» un roi, ne vaut-il pas mieux que ce *soit* un
» prince élevé dans les principes de la révolu-
» tion, un prince instruit par le malheur, et
» qui n'a plus de vengeance à exercer, que les
« frères de Capet, qui rameneroient l'armée
» de Condé, la noblesse, le clergé, les parle-
» mens, le déficit ?...». Oh ! le séduisant rai-
sonnement !

Il faut que ces messieurs se croyent bien forts,
puisqu'il y a trois jours (24 thermid.), aux
Invalides, dans le même endroit où Châles préparoit des sermons pour Babœuf, on afficha
l'estampe nouvelle qui représente les différens
formats d'assignats, avec cette inscription :
Banqueroute des cinq Tyrans : Vive
d'Orléans !

***

S'il reste au lecteur quelque désir d'acquérir des preuves plus nombreuses de l'existence dangereuse des initiés, des illuminés

conspirateurs, je l'engage à les demander, non pas au prince *Charles de Hesse*, il pourroit les donner ; mais il faudroit de la franchise ..... et d'ailleurs ses grands travaux diplomatiques avec *Charles Lacroix* ...... non pas à Merlin, il ne les ignore pas, mais ses importantes méditations sur les moyens de rajeunir la loi des suspects ....non pas au grand-prêtre Syeyes.... mais à Bergasse, qui reparoît sur l'horizon, non sans motif ; mais au citoyen *Muller*, qui aime l'humanité plus que Jacques Molai, et qui interrompra volontiers ses travaux monétaires (1) pour éclairer les vrais amis de la justice et de la liberté.

Quant à moi, je crois en avoir assez dit : je me tais, et me tairai.

Accipe nuc danaum insidias et cremine ab uno
Disce omnes .....

(1) C'est l'auteur de la nouvelle monnoie de billon, qui doit avoir l'aspect, le brillant et le son de l'argent. (Voyez les séances du conseil des Cinq-Cents, au commencement du mois dernier.)

A PARIS,

Chez les Marchands de Nouveautés.

LETTRE
A L'AUTEUR
DU TOMBEAU DE JACQUES MOLAI.

M on Ami,

Puisque tu as le courage de démasquer la secte des initiés. je t'envoie une note, qui, sans doute, te paroîtra importante ; je t'enverrai demain l'ouvrage que j'ai extrait.

Il a paru, en 1791, un extrait de la procédure instruite à Rome contre Cagliostro (1). Cette procédure fournit de grandes lumières sur le rapport de la franc-maçonnerie, de stricte observance, ou des initiés avec la révolution française.

Cette secte, dit le rédacteur, appelle les philosophes *les ennemis*, et tous les souverains *les tyrans*.

Cagliostro se nomme *Joseph Balsamo*, et est né à Parme le 28 Juin 1743. Il a voyagé dans toutes les cours de l'Europe. Lorsqu'il sortit de la bastille, il se rendit à Londres, d'où il écrivit une brochure, intitulée : *Lettre au Peuple français* ; et dans ce libelle, il prêche ouvertement la révolte. Il accompagna cet écrit d'une exhortation à ses disciples. *Morand*, auteur du Courrier de l'Europe, nous a transmis cet ouvrage, dans lequel Cagliostro prédit que *la bastille sera détruite*, et deviendra un lieu de promenade.

---

(1) A Paris, chez Onfroy, libraire, rue Saint-Victor, n°. 11.

Avant sa détention à Rome, il fit et envoya aux États généraux une requête en sa faveur, où en sollicitant son retour en France, il dit qu'il est *celui qui a pris tant de part et tant d'intérêt à leur liberté.*

Le rapporteur du tribunal qui l'a condamné, dit : « Il résulte de beaucoup de dénonciations » spontanées, de dépositions de témoins, et « d'autres notices que l'on conserve dans nos archi- » ves, que parmi ces assemblées, formées sous l'ap- » parence de s'occuper d'études sublimes, la » plupart cherchent à secouer le joug de la reli- » gion, et à détruire les monarchies. *Peut-être, en* » *dernière analyse, est ce là l'objet de toutes.* »

Dans ses interrogatoires, Cagliostro (même ouvrage) a avoué que les *initiés* avoient prêté le serment de détruire tous les souverains ; qu'ils avoient écrit et signé ce serment de leur sang ; que cette secte avoit déterminé de porter ses premiers coups sur la France ; qu'après la chûte de cette monarchie, elle devoit frapper l'Italie, et Rome en particulier ; que *Thomas Ximenès* étoit un des principaux chefs ; que la société a une grande quantité d'argent dispersé dans les banques d'Amsterdam, Rotterdam, Londres, Gênes et Venise ; que cet argent provenoit des contributions que payoient chaque année cent quatre-vingt mille Maçons ; qu'il servoit à l'entretien des chefs, à celui des émissaires qu'ils ont dans les cours, *à récompenser tous ceux qui font quelqu'entre-*

prise contre les Souverains; que lui, Cagliostro, a reçu six cents louis comptant, la veille de son départ pour Francfort, etc. (pag. 130, 131, 132) Ces différentes assertions sont justifiées dans tout le cours de l'ouvrage. Enfin, pour dernière preuve, on a trouvé sous ses scellés une croix sur laquelle étoit écrites les trois lettres L. P. D, et il est convenu qu'elles signifioient *lilium pedibus destrue.* FOULEZ LES LYS AUX PIEDS.

Doutez..... doutez encore des intentions et du pouvoir des initiés!

Salut et amitié.

V. P.

Paris, ce 3 fructidor, an 4 de la République.

www.ingramcontent.com/pod-product-compliance
Lightning Source LLC
LaVergne TN
LVHW050319030726
842520LV00005B/1666